Pour Victor Van de Woestyne

MC

Loi 49956 du 16 juillet 1949,
sur les publications destinées à la jeunesse.
Dépôt légal : avril 2018
ISBN 978-2-211-23330-9

Mise en pages : *Architexte*, Bruxelles
Photogravure : *Media Process*, Bruxelles
Imprimé en Belgique par *Daneels*

Hortensia

Texte de Marie Chartres
illustrations de Jean-Luc Englebert

Pastel
l'école des loisirs

C'était le matin et j'étais fâché.

Là-haut dans le ciel, une hirondelle volait et virevoltait de tous les côtés. Le vent riait dans les blés et l'oiseau riait avec lui. J'étais fâché contre le vent et fâché contre l'oiseau.

J'aboyais. Tout le temps, j'aboyais.

Je voulais voler comme l'hirondelle.
«Hirondelle, détache-moi!» lui ai-je demandé furieusement en tirant, tirant, tirant sur ma chaîne.
«Si tu m'aides, je t'apprendrai à aboyer», ai-je proposé.
«Aboyer? À quoi cela pourrait-il me servir?» s'est étonné l'oiseau.

«À faire fuir le facteur en montrant que tu es un animal méchant», ai-je répondu sèchement. «Non, merci bien. Ça ne m'intéresse pas.»

Et l'hirondelle
s'est envolée vers le grand chemin en sifflant.

Le vent chantait et soufflait en cadence.

Un chat est arrivé.
Gris et majestueux, il sautait et bondissait avec agilité.

J’aurais aimé courir comme le chat.
«Chat, relâche-moi!» ai-je demandé violemment
en tirant, tirant, tirant sur ma chaîne.
«Si tu m’aides, je t’apprendrai à aboyer», ai-je annoncé.

«Aboyer ? À quoi cela pourrait-il me servir ?»
s'est étonné le chat.
«À garder la maison en hurlant quand tes maîtres sont absents.»
«Non, merci bien. Ça ne m'intéresse pas.»

Et, élégant,
le chat est parti vers le grand chemin en sautillant.

L'orage grondait et la pluie tombait.

Une souris s'est approchée de ma niche.
Elle trottinait doucement.

J’aurais aimé danser comme la souris.
«Souris, aide-moi ! ai-je réclamé en tirant, tirant sur ma chaîne. Regarde-moi, je n’en peux plus. Mes maîtres me disent chaque jour que je suis sale et pouilleux. Si tu m’aides, je t’apprendrai à aboyer.»

«Aboyer ? À quoi cela pourrait-il me servir ? »
s'est étonnée la petite souris.
«À signaler que tu as faim et soif.»
«Non, merci bien. Ça ne m'intéresse pas.»

Et, dansante,
la souris s'est élancée vers le grand chemin.

Des nuages blancs sont arrivés doucement
à se frayer un chemin dans le ciel lourd et bas.

Un mouton tout bouclé déambulait gaiement
sous la pluie.

J'aurais aimé vagabonder comme le mouton.
«Ne peux-tu pas m'aider? Mouton, mignon mouton,
ne peux-tu pas me sauver? Je suis ici depuis tant d'années,
ai-je dit en tirant sur ma chaîne.
Si tu m'aides, je t'apprendrai à aboyer.»

«Aboyer ? À quoi cela pourrait-il me servir ?»
a bêlé le mouton.
«À dire aux autres que tu es malheureux
lorsque tu as une chaîne autour du cou.»
«Non, merci bien. Ce n'est pas ce qu'il me faut,
ça ne m'intéresse pas.»

Et, l'air ailleurs, le mouton est reparti
vers le grand chemin, une idée derrière la tête.

Le ciel est devenu pur, comme lavé
après un séjour dans la machine à laver.

L’air était frais. Flâneur, un âne est arrivé.

J'aurais aimé ne rien faire d'autre que me promener librement comme l'âne.
«Ne peux-tu pas m'aider ? Âne, modeste âne, ne peux-tu pas me sauver ?» Un rayon de soleil, maigre et grelottant est venu se poser au-dessus de ma niche.

«Si tu m'aides, je...»

Mais je n'avais plus la force d'aboyer.
«Âne, j'aimerais être toi ou l'hirondelle, le chat, la souris ou le mouton. Mais je suis seulement un chien, et mes maîtres ont décidé de m'enchaîner, comme si je n'étais rien d'autre qu'un énorme problème.»

L'âne est resté silencieux. Il a secoué la tête tristement et s'en est allé. Le bruit de ses sabots a résonné sur les pavés. Lui aussi est parti vers le grand chemin.

Je me suis retrouvé seul
avec cette satanée chaîne autour du cou.
Les minutes ont passé et passé.
Le ciel est devenu majestueux.

Soudainement, qui ai-je vu arriver au loin
depuis le grand chemin ? N'était-ce pas l'âne ?
Mais oui. N'y avait-il pas aussi le mouton,
l'hirondelle, la souris et le chat ?
Je me suis redressé l'air curieux.

Je tremblais. Ma chaîne tintait
sur le sol de la cour. La petite troupe
marchait d'un pas décidé vers moi.

Quel drôle de tableau. Quel beau tableau !

L'âne a pris la parole : « Il y a tant d'années que tu es là, si triste et en colère, et nous l'ignorions. Tu ne montrais que ta haine.

Le chat, la souris, le mouton et moi avons décidé de t'aider, car la vie, ce n'est pas cela. Mais qui sont donc tes maîtres ?»

En entendant ce mot,
mes oreilles se sont baissées de peur.

Puis j'ai vu l'hirondelle commencer à faire le guet,
puis à tour de rôle, la souris, le mouton, le chat, l'âne
ont tapé et tapé, cogné et cogné, frappé et frappé
sur ma chaîne pour qu'elle cède.

Tous les animaux, les petits comme les grands,
ont redoublé d'efforts et soudain…

C'était un bruit que je ne connaissais pas.
Léger, il ressemblait au vent qui parcourait la plaine.
L'hirondelle, le chat, la souris, le mouton et l'âne sont tous venus me donner un petit coup de tête affectueux, puis ils ont fait demi-tour pour à nouveau prendre la route du grand chemin.

«Qu'y a-t-il là-bas de si bien ? Sur cette grande route
que vous empruntez tous, qu'y a-t-il de si beau ?»
leur ai-je demandé. «Viens avec nous et tu comprendras.»

Et la petite compagnie a progressé gaiement au gré du vent.

J'ai pris mon élan et j'ai couru.
Adieu la cour crasseuse, adieu la chaîne en fer !

La petite souris m’a demandé mon nom.
J’ai répondu que je m’appelais Hortensia.
«Oh, quel joli nom de fleur !
Pour toi, ce sera désormais printemps tous les jours.»

Et j'étais d'accord avec elle.